글벗시선 206 이연홍 두 번째 시집

달빛 속에 비친 당신

이연홍 지음

시월의 향기

운전대를 붙잡고 가다 보면 뚜벅뚜벅 걸어 나오던 시어들 막상 집에 도착해 보면 어디로 갔는지 다 지워져 버린 머릿속에 늘 목이 말라 안타까울 때가 많았었다.

시월의 어느 멋진 날, 세월을 안고 돌아 나온 꽃과 구름 그리고 삶의 노래들이 나와 함께 익어간다. 여기 부족하고 부끄러운 글이지만 나의 하루하루가 담겨있는 삶의 노래들을 옮겨보았다.

때론 보람과 기쁨이, 때론 멀리 있는 아이들을 향한 그리움이 시가 되기도 했다. 부모님을 향한 그리움이 사모곡이 되기도 했다. 이제 풍요로운 가을 들판에 들국화 흐드러지게 피어나고, 오색 단풍 드는 가을의 무늬들 위에 꼭꼭 숨겨두었던 나의 이야기들을 두 번째 시집으로 『달빛 속에 비친 당신』이란 이름으로 부끄럽고 떨리는 마음으로 세상에 내놓는다. 그저 이웃들이 사는 이야기이며 내가 사는 이야기로 공감해 주는 글이 되어 시월의 향기로 사람 사는 향기로 피어나고 싶다.

2023년 10월에 저자 이연홍

차 례

제1부 당신이 참 좋다

제2부 어머니 만나는 길

제3부 먼저 찾아온 그리움

제4부 배보다 마음이 더 부르다

제5부 달빛 속에 비친 당신

■ **서평**

제1부

내 마음에도
꽃이 피네

내 마음에도 꽃이 피네

며칠째 찌푸린 날들의 연속이지만
내 마음엔 벌써 꽃이 피고 있다

파로호 물줄기 따라
여기저기 피어나는
노란 눈망울들이 수줍은 듯
고개를 떨구는 산책길

약속 없는 평범한 날들이지만
뭔가 선약이 있는 듯
발걸음이 가벼워지는 내 마음은
벌써 봄이 한창이다

화장기 있는 얼굴을 보고 있노라니
볼우물이 깊어진다
거울 앞 나사가 빠진 것처럼
혼자 웃어보는 것도 참 오랜만이다

내 마음에 하얀 앵두꽃이 핀다
내 마음에 하얀 목련꽃이 피고 있다

눈 오는 밤

서러워 떨군 눈물
품지 못하고 쌓여만 간다

그냥 머무는 것조차도
허락지 않고 달음질쳐
뿌려대는 인색함이 야속하다

품지 못하고 그냥 놓아주니
서러움은 번지고 그대 이름
가슴으로 묻고 만다

그림자

침묵을 깨고 스스로가 만들어 놓은
수렁과 올가미로 나를 묶어놓고
좌절과 절망으로 힘겨워할 때가
얼마나 많았던가

지나온 그림자들을 돌아보니
이 또한 완벽을 꿈꿔온 교만이
머리를 세우고 있는 어리석은
나의 자화상이었음을 보게 된다

오늘도 서투른 달음질에 욕심이란
오만의 짐 내려놓으니 돌이킬 수 없는
사연은 하나도 없다는 것을 알게 되고
그 마음의 짐조차도 이곳에 내려놓는다

대장간

새벽을 가로지르는 골목
이른 아침부터 붉은 비명 소리
가득 채우며 불을 밝힌다

약함과 강함이 서로 하나 되고
모진 매질과 담금질을 견뎌내야만
온전한 사랑의 꽃 피울 수 있으니

오늘도 시뻘건 불구덩이를
마다하지 않고 익숙한 몸짓으로
시뻘건 품속으로 들어간다

눈길에서

멈춘 하늘에 눈이 내립니다
수많은 사연을 풀어헤치며
너 나 할 것 없이 수없는 언어들이
쏟아집니다

소복이 쌓인 눈 위에 무심코 그린 그림
외로움과 슬픔이 다투어 줄을 세우고
손가락으로 누군가의
이름을 불러왔습니다

세월도 쓸쓸히 녹아
죽을 만큼 그립던
당신의 이름마저 가물거리니
영영 잊힐까 두려워 나는 오늘도
당신의 이름을 써 봅니다

서산에 걸린 세월

잘생긴 석탑 하나
덩그러니 지키고 있다
짧은 해로 일찍 찾아온
어둠이 산사를 덮는다

여름엔 높게 떠
서산으로 가고
겨울엔 나지막이 떠서
앞산으로 간다고 했던가

자연의 법칙은 이렇게
단 한 번의 실수도 없이
진행되고 흘러가는데
나는 지금 잘 가고 있는 건지
물음표 하나 던져보는 저녁이다

봄(I)

쟁기 소리 들려오거니
어느새 곰삭은 두엄 냄새가
온 동네를 감싸 안는다

흐르는 물소리가
상쾌하게 들릴 즈음
연둣빛 사랑은 다가오고

실버들 흔들고 간 바람
강물 따라 흘러가고
우리들의 사랑도
잠시 머물다 흘러간다

은혜

보이지 않아도 만질 수 없어도
아침 햇살을 머금은 향기로
그분은 나를 숨 쉬게 한다

삶이 무섭도록 치닫고 힘들 때
추락하지 않도록 잡아주는 이가 있어
오늘도 난 숨을 쉬고 있다

깊은 밤 그분께 무릎을 드리고
하늘에서 내려주는 이슬 같은 은혜로
나를 감싸 안는다

해바라기

그리운 사람 돌이켜 세워 불러본다
살짝 미치면 삶이 즐겁다고 했던가
그 궤도를 벗어나 낭만의 시간으로
돌아가 본다

어찌 보면 잊히지 않는 그리움이
당신 향한 바라기로 새카만 점묘를 이루고
생채기가 난 하루를 끌어안은 채
오늘도 추억 속에 잠긴다

산책조차 잊을 만큼 분주했던 여름
아무렇지도 않은 것처럼
잠시나마 꽃길을 걸으며
나도 활짝 피우고 싶다

꽃

피곤한 몸 바람에 말리고
밀물과 썰물 같은 여인의 세월은
어제와 오늘을 부질없다 토해낸다

오늘도 당신은 선택받은 꽃이 되고 싶어
하루를 채우며 뜨겁게 살아가는
길섶에 서 있습니다

삶의 끈을 허리춤에 동여매고
새로운 궤도를 향해 출렁이는 가슴 안고
인생의 길고 긴 이 길에 향기를 채우며
당신과 함께 걷고 있습니다

소나무

긴 등산로 길 가파른 바위 지대
숨어있던 제 속살을 보인다

하필이면 이곳에 터전을 두고
뿌리내린 저 소나무

넓디넓은 곳 마다하고
넉넉지 않은 가파른 암벽

애달프게도 이곳에 뿌리를 내리고도
저토록 꼿꼿이 기상을 뽐내는 모습이
꼭 우리네 삶을 닮았다

암벽

멀리서 보면 조용할 것 같은 세상,
가까이 들어와 보니
이곳도 살아가는 소리로
제각기 이야기를 꺼내 놓는다
우리네와 똑 같이 시끄럽다

오르고 올라 온몸으로 세상을 바라본다
꼿꼿하게 곧추세운 바윗길에서
두리뭉실한 바윗길까지,

오르는 길보다 아찔한 내리막길
모퉁이를 지나 뛰어가는 바람이
삶을 말해주는 산등성이를 소중하게 안는다
산사를 포근히 안아 주듯 자리 잡은 병풍도
속세에서의 거친 풍파를 감싸 안는다

꽃밭에서

한 걸음 다가가면
한 걸음 멀어진다
따사로운 햇살 아래
하얀 날갯짓하는 나비가
눈부신 미소로 내게 화답한다

어찌 사람이 꽃다운 시절만
기억하고 있을까 싶지만
나는 오늘 이곳에서
열아홉 살 소녀 되어
행복했던 추억 몇 자락 올려본다

희망의 불꽃

흐르는 물에 얼룩진 사연들을 헹구고
오늘 하루 사랑의 무게를
저울 위에 올려본다

입버릇처럼 읊어대던 소리 아니었던가
내가 사는 이 땅
최고라고 뿌듯했었던 어제와 달리
흘린 땀방울만큼이나 씁쓸한 이 맛은
무얼 의미하는 걸까
부족함이 한눈에 들어온다

알지 못했던 불편함이 보인다

아주 작은 목소리 일지라도
모두의 소리가 모이면
분명 또 다른 세상에서
사랑하는 사람과 함께
웃음의 꽃을 활짝 피울 수 있으리라

사랑은 떠나가고

동네를 가득 채우던
매미들의 울음소리가
매일 아침 자명종처럼 울었었는데

눈을 떠보니 매미들의 울음소리는
온데간데없이 사라지고
싸늘한 공기가 나를 짓누른다

가끔 들려주는 자동차 소음뿐,
뜨겁게 불태우던 짧은 사랑은 떠나가고
그것 역시 사랑이었다 위로하며
멍하니 창가에 홀로 기대서 본다

들꽃

바람에 밀려간 모퉁이마다
들꽃들 무리 지어 피고 질 때
그리움에 눈물짓던 모녀는
어제의 날들을 쓸어 안았다

고요한 침묵 속에
환하게 피어나는 모습은
그동안의 애달픔을 안아 주듯
폭죽처럼 우리의 만남을 축복해 주고

가고 싶어도 갈 수 없는 고향
세월 속 서러움 되어 흐르던 애수의 노래
오늘은 행복으로 물들어 꽃잎 되어 피어난다

숨바꼭질

먹물을 뿌리셨나
창가로 본 하늘이
온통 시커먼 먹물이다

구름 뒤에 숨긴 맘
들켜버리면 어쩌나
애써 아닌 척 꼭꼭 숨어버린다

한계령

굽이굽이 꼬부랑길
길 따라 올라가면
세상 짐 지고 가듯
산 아래 걸린 구름

수많은 봉우리
길 따라 올라가니
차 우리는 진한 향기
속세의 고달픔 위로하며
반겨주는 한계령

아무런 생각 없이
봉우리와 마주할 때
찬바람 독대하며
긴 한숨 토해낸다

마른 나무

빨갛게 물들었던 한창이던 때가
분명 있었는데
가는 세월에 도리 없어
이제는 바람 따라 울부짖는 모습이
애처롭기만 하다

깊어가는 밤 세월 속에 휘청이는
초췌한 내 모습
내 안에 숨어있는 그리움이 출렁일 때
둥근 달 우두커니 혼자 서서는
함께 가자 하네

한반도섬

사면이 물로 둘러싸인 작은 섬
나에게는 마음과 마음을 잇는
행복한 여행길이다

바람마저 잠든 공간
물 위에 떠 있는 섬 위를 걸으며
서툰 감성 줄기를 붙잡을 수 있는 이곳

연가로 스치는 운무가 걷힐 즈음
대롱대롱 매달린 추억 하나 불쑥 튀어나와
그리움을 터트리며 푸르게 푸르게
피어나는 곳 한반도섬

삶의 고달픈 무늬들도 꽃이 되어 떨어지고
울고 있던 추억들 손을 흔들 때
가을로 가는 길목의 책갈피에
무거웠던 마음을 내려놓는다

제2부

어머니 만나는 길

어머니 만나는 길

밤을 밀어내고
붉은 태양이 떠오른 새날
오늘도 변함없이 당신이 찾아오시네요

이 땅에서의 고된 삶
왜 그리도 힘겨운 삶을
사셔야 했던지요

어머니,
이제는 보이지 않던 눈도
훤히 잘 보이시고
아픈 곳도 없으시겠죠?

유난히도 좋아하시던 꽃,
이것밖에는 해드릴 게 없다는 게
이렇게 쓸쓸할 줄은 정말 몰랐습니다

영전에 올려드린 꽃 한 송이 뒤로하고
저희 부부 이렇게 또 그리움 한 움큼
끌어안고 천천히 걸어가겠습니다

병원 다녀오던 날
식사하시다 말고 싱거운 웃음으로
고마움과 미안함을 쏟아내시던 당신이
유난히도 그리운 날입니다

노을

임이여
가만히 바라만 보아도
감겨드는 이 황홀함을 어찌하라고

곱게 물든 홍조
감겨드는 황홀의 여백에
작은 심장 이토록 태워놓고

짧은 만남에 기약 없이 돌아서서
서산마루에 별빛 몇 점 풀어놓고
어느 광야에서 또다시 붉게 타고 있겠지

풍경 있는 마을

바다와 섬이 함께 살고 있다
하늘이 바다에 잠겼다

검붉은 기암
바다와 맞닿은 풍경
한 폭의 수채화 같다

사람이 살지 않는 작은 섬
눈 앞에 펼쳐진 낙조에
풍덩 빠져 버렸다

그대 오시는 길에

그대여,
혹시나 꽃으로 오시는가 싶어
연둣빛 작은 잎 깔아
그대 오실 길을 닦아 놓았습니다

이슬 내려앉은 자리마다
싱그러운 풀잎 향기 당신의 흔적을
찾기 위해 그림자를 따라갔습니다

햇살 내려앉은 오후
그대 머물다 가실 여기에
환하게 등불 밝혀 놓았습니다

석현리 둘레길

햇살이 바람에 부서져
굽이 구비 둘레길 에워싸고

떡갈나무 잎에 내려앉은
여름 끝자락
햇살에 눈이 부시다

고요를 깨는 보트의 발자취 따라
수천 개의 파장이 춤을 추며
광란의 시간을 보낸다

파도가 바람의 발자국처럼
늪지를 돌아 나와
졸고 있던 외기러기 놀라
푸드덕 가을빛에 빠진다

봉선화 편지

고독을 버무려 꽃을 피우던
여름이 끝나는 어느 날
담 밑에 피어있던 봉선화 편지를 쓴다

빛 고운 색채 버무려 화지를 채우는
나의 인생길,
노을에 순응하는 겸손을 배운다

이 땅의 삶을 말해주는 철새들의 자맥질
한 폭의 수채화 속에 평화를 맞는 나도
미소 짓는다

눈 오는 날

오늘 같은 날이면
무관심하게 살아왔던 세월 앞에
곰팡이처럼 스멀스멀 살아나는 게 있다
특별한 대상도 없이 약속이란 걸 하고 싶다

눈 덮인 뒤안길로 그리움이 발길에 채인다
설레는 마음으로 만나고 싶어
나뭇가지에 매달린 추억을 하나씩 키운다

소식 한 장 없는 그리움이
미울 법도 한데
가끔씩 불쑥 튀어나와 안부라도 묻고 싶다
오늘같이 눈 오는 날엔

유월의 숲

눈부신 햇살이 잔잔히 부서지는 시간
눈 앞에 펼쳐지는 신록의 길을 걷는다

게으름 탓인가
타협에 능숙한 탓인가
얼마 만에 찾는 숲인지

숨이 차오르지만
기분은 새털같이 가벼워진다

햇살 타고 불어오는 바람이 이마의 땀을 데려간다
이곳에 오니 유월의 뜨거운 생명의 소리가 들려온다

이름 모를 들꽃들의 향기에
코끝은 춤을 추고
빨간 산딸기 하나 입에 물 때면
나의 마음 깊은 곳에서 고향의 맛
샘물처럼 넘쳐흐른다
나는 지금 6월의 숲에 와 서 있다

소중한 인연

깎아지른 바위의 절경
고즈넉한 풍경을 뒤로
욕심이란 짐을 내려놓는다

여기 자연에 들어오면
풀잎 하나도 식구이며
떨어지는 낙엽 하나도
소중하고 귀한 인연인 것을

걷고 또 걷는다
이 깊은 산속에 누가 와서
철학을 닮은 길을 만들어 놓았을까

작은길일지라도 얼마나 소중한지
감사가 넘치는 인연이
아닌 것이 어디 있으랴

그날

떠났던 배가 돌아오듯
떠나간 모든 것들이
돌아왔으면 좋겠다

굵은 비가 처마를 때린다
요란한 빗소리가
잠자고 있던 자아를 때린다
그리움이 불쑥 자리 잡고 들어앉는다

그리워한들 무슨 소용인가
가득 채우지 않아도 괜찮다
그저 가끔씩 아주 가끔씩 안부라도
묻는 우리,
그랬으면 좋겠다

거리 두기 필요 없이
입 막는 창과 방패 벗어던지는 날
두 팔 벌려 서로 끌어안을 수 있을 그날
그날이 기다려진다

가을은 가고

비워야 채워진다고 하지만
화려하게 외출했던 단풍잎
마음만 흔들어 놓고 가버린다

올곧은 외길 찾아 그리움에 지는 해
따라가다 돌아보니 쓸쓸한 그림자뿐

짙은 영혼 훨훨 떠나는 시간
시나브로 갈잎 우는소리에
그리움도 따라 운다

그녀가 생각나는 밤

이름 모를 작은 새 한 마리가
집 앞 전봇대에 걸터앉아 떨고 있다
햇살은 따사롭기만 한데
왜 저리 추워 보일까 두려워 떨고 있다

내일이면 시작될 전쟁이 떠올라
같이 목이 멘다

외줄을 딛고 선 위태로운 인생
손에 닿을 수 없는 까마득한 허공을
이제 한 발씩 걸어야만 살 수 있다
지켜보는 나 또한
목구멍에 커다란 덩어리가 걸려 갑갑해진다

때론 처절하기도 하고 외롭기도 할 투병
오 남매 진한 우애에 무거운 멍에가
조금이라도 가벼워졌으면 좋겠다
아직은 낯설기만 한 싸움
그러나 나는 기도한다
강둑길 따라 꽃구경 함께하자고

그리움(1)

엄마, 하고 부르는 네 목소리에
왈칵 쏟아지는 뜨거운 액체는
눈물이 아니라 그리움이었다

엄마의 눈물로 많이 당황했을
나의 사랑
그래도 이렇게 통신망으로라도
내 곁에 있다는걸, 나의 사랑을
확인하고 만져볼 수 있으니
얼마나 다행인지

보이지도 않는 바이러스가
이렇게 무서울 줄이야
마음만 먹으면 갈 수 있는 거리인데
사랑하는 딸아
유난히도 네가 너무도 그리운 밤이구나

그 마음 다 읽는다고 해도
품고 있는 그 사랑은
다 헤아릴 수 없지만
절대 변하지 않는 만고불변의 호칭
엄마라는 이름인가 보다

안과 검진 날

어둠 속에 서서
두려움과 마주한다
이물질이 들어오는 느낌이
나를 불편하게 만든다

계획에도 없던 안과 검진에
그저 간단한 줄 만 알았는데,
동공을 확장 시켜야만
검사가 가능하다니
어쩔 수 없이 눈을 껌벅이며
시키는 대로 움직여 본다
또 하나의 둥그런 우주가
내 눈 앞에 펼쳐진다

날 세운 주삿바늘을 보는 순간
온 신경이 곤두서며 공포가
나를 감싸 안는다

자욱한 안개가 나를 점령할 때쯤
무수한 기계음과 주문대로 신호에 따라
나의 초점도 그를 따르다 보니

지친 몸으로 바깥세상으로 나온다.

눈이 부셔 세상과 마주할 수가 없다
달리는 버스 안에서 눈을 감은 채
기대어 잠이라도 청하고 싶은데
시각장애셨던 시어머니가 찾아오신다.
이 힘든 검사를 허구한 날 하셔야만 했던
어머니께서는 얼마나 힘드셨을까
그저 당연한 듯 휠체어로 모시고 다녔던
나의 지난날이 또 다른 나를 아프게 하는
밤이다
고된 삶을 살 수밖에 없으셨던
어머니가 새삼 그리워지는 밤이다

당신이 참 좋다

고즈넉한 삶의 하루를 털고
두 다리 쭉 펴고 살만도 한데
그냥 두질 않는다

축 늘어진 어깨
생의 벼랑 끝에 서서
죽음의 문턱까지 다녀온 남자,

천국 문 앞까지 다녀오고도
그는 지금도 남자다움을 뽐내며
도복을 입고 노장의 기를 불태우고 있지만
그이의 관절에서는 삐거덕거리는
소리가 들린다

함께 살아온 세월을 돌고 돌아
세월의 테만큼이나 빛바랜 바람은
이제 허공을 맴돌고 있지만
그이의 장난기 섞인 웃음이 참 좋다

무릎

이제 나의 무릎도
나이를 먹는가 보다

뜀박질하며 살아온
세월을 더듬어 본다

낡은 무릎은 윤기를 잃어 삐걱대고
가슴에 상처로 남곤 한다

우리가 앉았던 어머니의 무릎이
그리움으로 남듯
내 아이들도 나를 기억으로 불러오겠지

멍

내 안에 꽁꽁 숨어있는 아픔들을
소리 없이 토해내는 시간

보이지도 않던 작은 상처였음에도
시뻘겋게 토해내더니
퍼져가는 상처가
기어이 발목을 잡아버린다

훤한 백주 대낮에 침대에 누워 가져보는 휴식이
남의 자리인 양 어색하고 불편하다

아찔했던 순간의 잔해로
그동안의 숨죽이며 눌러놓았던
내 안에 상흔들을 토해내고 있다

익숙한 일상이 나를 움직이게 하는 시간
거울을 보며 매무새를 다듬어보지만
다시 눕게 하는 상처가
오늘은 푹 쉬어가라 한다

모든 게 다 고마운가 봅니다

바람 끝 춤추는 꽃잎들이
스쳐 가는 인연들 가운데
인간의 소외를 비판하는
따뜻한 세상을 볼 수 있어
좋습니다

어린 시절 가난의 흔적들이
상흔으로 남아있을지라도
열심히 달려온 시간들로
이제는 잠시나마 쉼도 찾아볼 수 있으니
이 또한 참 좋습니다

푸르른 녹음을 헤치고
거친 숨 몰아가며 천천히 걷다 보니
나이를 알 수 없는 고목도 보입니다

비는 쏙염으로 푸석이는 대지를 씻겨주고
빗물은 멍든 마음을 씻겨주니
세상에 소중함과 고마움은 한이 없고
모든 게 다 감사로 다가옵니다

이발하는 날

싹둑싹둑 가위소리가 정겹다
함께한 세월이 아름답기에
중년의 우리 부부가
아름다운 것 아닌가

마음은 이미 두둥실
당신과 함께 가는 이 길에
행복한 시절을 꺼내본다

없는 솜씨를 부려보며
나의 첫 번째 고객 맞이하고
부대끼며 아롱다롱

사랑한다는 이유만으로
오늘도 환한 미소로
우리 사랑 비춰본다

봄(2)

차디찬 강바람을 마주하며
소양호 꼬부랑길을 걷는다
겨우내 앉아 있던 나뭇가지 위에
봄바람이 살며시 내려와 앉는다

유난히도 파란 하늘,
강물 위 윤슬이
시나브로 가볍게 다가올 즈음
봄의 전령사 향기는
기다렸다는 듯
그리움을 터트리며
계절의 관을 쓰고
어깨 위로 내려앉는다

제3부
먼저 찾아온 그리움

먼저 찾아온 그리움

바이러스 전쟁으로 타국이라 하지만
가까운 곳에 있어도 만날 수 없었던 딸아이
몇 해만의 귀국이라 그런가

한소끔 끓어오르니 내 곁에 있는 여식
벌써부터 그리워
슬픔도 사치인 듯 뒤뚱거리며
어미 마음만 달린다

가을 향기 코끝을 스치는 날
밤새 다녀간 가을비 때문인가
옥수수 차 우린 물로 마음 달래며

너는 아직 내 곁에 있음에도
그리움을 삼키려니
슬픔도 말없이 깊어만 가는구나

그대 그리고 나

햇살 아래 반짝이는 그대 얼굴 위로
환한 미소가 빛나는 오후

온몸이 불덩이처럼 뜨거운 가을
뚫린 가슴에 바람 일어
흔들어 놓는 하루가 소중하다

고운 빛깔 오색으로 물들인
순결한 사랑도 지고지순한
사랑을 닮았나

장작불 타는 작은 마을
타닥타닥 붉은 향기로
미소 지으며 너와 나 마주한다

비보

무심의 강줄기를 따라 세월을 지켜가는
산맥의 아름다움이 흩어진 시간을
간간이 이어 가고 있다

모성의 아픔으로 타오르는 늦가을의 달빛은 낙엽 위
에 부서지고
생 이별의 큰 강을 건너는 저 아픔을 어이하랴

노랗게 익어가던 열매들이 생명을 다 하는 날
아들을 멀리 보내야만 하는 어미의 가을을 가혹하게
매질하고 있다

한 줌 흙의 돌아가야 하는 비보에
무너진 가슴 가을 단풍처럼 물들어 떨어진다

쓸쓸히 떨어지는 낙엽의 가을 횡포
단절로 이어진 이 거룩한 아픔이여

채 피지도 못한 서린 한으로 떠나는
외로운 길에 가을은 별빛처럼
내 가슴에서 멀어져만 간다

근심

바람 소리에 깨어난 새벽
들판을 타고 온 한나절 햇살이
텅 비어가는 논밭 그루터기를
어루만지고 있다

뭐가 그리 심통이 났는지
밤새 다녀간 불청객 쉼 없이 쏟아져
들판을 빠져가 가을을 불러온다

움칠한 바람 산과 들에 얹어주며
오가는 이의 발걸음마다
들국화같이 소박함으로 살라 하며

누렇게 익은 벼 이삭들
마실 온 가을바람 붙잡으며
미더운 미덕에 입술을 깨물고
쉬어가라 잡는다

기다림(1)

커피향 짙은 창가에 기대
작은 숨결로 그대 이름 불러본다

가을이 떠날듯한 골목마다 부서지는 상흔들
의식 속에 이별을 준비하며 떠나는 가을처럼 자라나
는 그리운 사람아

포말로 연결된 몸짓으로 한 모금 마시며
지나가는 발길 속엔 깊은 회한만 남는다

쓰디쓴 에스프레소 같은 느낌으로
모든 시간 품어 앉고
그대 오는 길목에 잔잔한 눈 빛 하나로
마중하는 이 기다림이 애달파
밤 지새우며 작은 기도로 사랑 노래 부른다

잡지 못한 시간

조금은 느슨하게 살고 싶을 때
나는 강가에 나가는 걸 좋아한다
저 멀리 건너편을 바라보면
수많은 시간들이 둥둥 떠올라
수면 위로 올라온다

사랑하지 못했던 시간들
보고 싶어도 볼 수 없었던 시간들
잃어버린 시간들이 둥둥 올라와
안타까운 듯 나를 바라본다

햇살 고운 오후
찬 바람마저 쉬어가는 시간
곱디고운 물결 위 윤슬에
수많은 이야기들이 부딪혀 반짝인다

파도 앞에서

괜스레 눈물이 난다
응어리진 한 풀지 못하고
바다 앞에 서 있다

하얀 포말 속에 숨어든 멍든 삶
침묵하고 있던 바다가 울음을 토해낸다

살아있기에
살아내야 하기에
설움 삼키며
서로 다름을 인정해 줄 때

잡힐듯한 남은 날들이
황홀한 바다 앞에 서면
아름다운 이야기로 녹아내린다

시계 (1)

삐걱거리다 멈춘 너의 모습에
괜스레 눈물이 난다
최선을 다해 걷다 멈춘 시침이
내 모습 같아 가슴 한구석이 시려온다

삐걱거리는 소리가
무릎에서 흘러나온다
평생을 힘차게 갈 수는 없다지만
한숨 여미며
여기저기서 아우성이다

오늘도 똑딱이는
소리 위안 삼으며
시계 위에 올라앉아
질긴 끈 하나 부여잡고
나도 같이 둥둥 떠다닌다

뜬눈

밤새워 굵은 빗소리 가을을 불러온다
빗방울 뒤안길로 가을을 재촉하는가
채 익기도 전에 뒹구는 나뭇잎들
새벽 거리가 스산함으로 더해 간다

뭐가 그리 급하다고
이리도 서두르는지
가는 길 재촉 말고
천천히 익어가면 좋으련만…
해거름 고갯길
바람에 몸 실어 피어나는
작은 들꽃처럼 초연하게 서있다

머지않아 또다시 이국으로
떠나보낼 딸아이 생각하니
한숨만 토해내는 어미의 근심
고독이 우수수 발길을 잡는 밤
뜬눈으로 긴 강둑 따라 채우지 못한
어미 사랑을 노래로 채운다

기다림 (2)

커피 향 짙은 창가에 기대어
아주 작은 숨결로 그대 이름 불러본다
가을이 떠날듯한 골목마다
부서지는 낙엽은 하염없이 떨어진다
의식 속에 이별을 준비하며
떠나는 가을처럼 자라는 그리운 사람아

허탈함 보듬어 줄 포말 연결된 몸짓으로
한 모금 마시며 지나가는 발걸음 속엔
깊은 회한만 남는 건 무슨 까닭일까

에스프레소 한 모금
흐르는 느낌으로 하늘을 바라보면
행여나 모든 시간을 품어 앉고
그대 오는 길목에 잔잔한 눈빛 하나로
마중하는 이 기다림이 애달파
밤을 지새우며 작은 기도로
사랑 노래 부르리

그리움(2)

석양이 지는 노을
한 폭의 수채화로구나

잡힐 듯 잡히지 않는
세월 속에

멀리 있는 딸아이
그리운 밤
따뜻한 국화차 한 잔 우린다

당신과 함께

마른 나뭇가지 위에 얽힌 사연들
헤아릴 수 없이 여기저기 걸려 있다
설렘으로 또 한 계절을 맞이하며
누군가를 기다릴 수 있었으면
좋겠습니다

오랜 기다림도 내일이 되면
과거의 이야기가 되어 묻히듯
그렇게 굳은살이 돋아나듯
우리의 삶도 스스로 다독여가며
서로에게 빛이 되었으면 얼마나 좋을까
생각해 봅니다

그대가 내 곁에 머문 시간만큼은
꽃이 피고 지고 또 다른 계절이 와도
서로에게 향기를 품어낼 수 있었으면,
그래서 설렘으로 또 다른 계절을 맞이하고
행복함으로 당신과 마주할 수 있겠지요
사랑합니다
내 사는 날까지…

풍경 소리

등잔불 밝힌 나만의 방
생각 끝에 풍경 하나 매달고 살아갑니다

캐롤송 하나 들리지 않는 성탄 이브
삶의 궂은일에 찌들어 가슴에 박힌 가시로
아픔과 후회의 일상들이 생채기로 남아
풍경 위에 올려놓고 잠시 쉬어가려고
나 여기에 서 있다

오늘이라는 현실 속에 느슨하게
차 한 잔의 여유는 가져보고 싶어
마음의 풍경소리에 귀 기울이며
그대와 함께 걷고 싶습니다

여행

흔들리는 마음을 붙잡고
무언가 말할 수 없는 아픔이
명치끝에 통증으로 남는다

타들어 가는 가슴으로
붙잡아 보려는 시어들,
한순간 머릿속을 다녀간
지우개가 있는 것만 같다

할 수 없이 빈 가슴을 끌어안고
또다시 여행지를 찾는다
추억이 된 잃어버린
시어들을 찾기 위하여…

세월의 강과 함께

한 줄 바람이 지나갑니다
오늘도 세월의 강물은
말없이 흘러만 갑니다

잠시라도 좀 쉬어갔으면 좋으련만
오늘도 이곳저곳 기웃대며
내일을 향해 길을 나섭니다

내가 가는 그 길이 고운 꽃길이든
푸르름이 가득한 가로수 들길이든
나는 오늘 또다시 떠나봅니다

세월의 강과 함께

중년의 길

엄마가 살아왔던 세월을 나도 걷고 있다
시간이 가고 세월이 흘러도 허공에서
빈손 잡듯 환해지는 나의 그림자
노거수의 나이테를 닮아간다

길을 만들며 걸어갔던 세월의 역사 속에
잠시 걸터앉아 설익은 인생길에
등불 하나 걸어 놓고 채 여물지 못한
낮달을 만났다

희미한 낮달 아래 상처받은 몸뚱이와
구겨진 마음을 널어놓고
나는 지금 더운 숨을 고른다

불면증

고요가 방안을 가득 채웠다
따뜻한 안대로 세상과 차단하고
음악 속으로 나를 맡겨보지만
머릿속은 홍수가 범람한다
유속의 조절이 불가능한 밤이다

아무 데도 쓸모없는 잡동사니들
여기저기 집을 짓고 온갖 것들이
넘쳐 강 하구에 이르러 온몸을 뒤틀어가며
침대에서 거실 소파로 번갈아 가며
자리를 옮겨보지만 소용이 없다

냉장고 속에 홀로 서 있던 몰약을 꺼내
한 모금 넘겨 가며 또다시 불러 보지만
여러 모양의 흑백 사진들이 나를 비웃고 있다

요즘 들어 잦아지는 밤과의 싸움
꿈속으로 이끌어 준다는 마약 같은
클래식 음악을 끌어안고
미로의 밤과 맞설 때마다 갱년기라는 낙관을
이마에 찍고 달아나 버린다

고립

창에 비친 바깥세상이
포근하고 아름답게 비추는 날
고립이라니,
가당키나 한가

버거운 삶의 짐들을 세월 속에 내려놓고 말도 안 되는
현실 앞에 순응함에
하루 이틀 길들어 가고 있는 자화상이
나를 어둠 속에 가두어 놓는다

봄!
이 순간이 너무나도 아름다워
겨우내 감았던 눈을 뜨며
햇살을 잡아당겨 본다
고립 속에 서둘러 찾아온 봄,
가슴으로 진달래꽃 피우며
계절을 마중한다

아침을 열며

머리맡에 있는 꽃송이도
하룻밤을 보내기가 힘들었나
시들하니 고개를 숙인 채
미소를 잃어버린 지 몇 날은 된 듯하다

다시 시작한 아침
창가에 햇살은 그 어느 때보다
눈이 부시도록 반기고 있는데
오늘도 마른기침으로 아침을 연다

첫 외출 하는 날
가장 먼저 하고 싶은 것
예쁜 꽃 한 움큼 들고 와
마른기침으로 가득 채웠던 공간을
꽃향기로 가득 채우고 싶다

꽃을 피우기 위해 감당해야 했던
감내의 시간의 굴레 속에
이렇게 다시 시작되는 하루
우아한 향기 풀어 올려놓는다

나의 정원

나의 정원은
오늘도 이별을 준비하고
그리고 또다시 만날 만남을 준비한다

시간 속 정원은 말해주는 인생
흐린 날 있으면 화창할 날도 있을 거란
작은 소망도 꿈꾼다

아름답던 추억을 불러오고
너를 닮은 꽃송이를 채워가며
또 한 계절과의 이별을 준비한다

둘째 아이가 떠날 날이 가까워진다
멀리 이국땅에서 또 다른 꿈을 키워가는 씩씩한 나무

슬프지 않은 이별이다
나는 오늘도 또 한 계절을 만나 행복했었고
다시 보내려 한다
나의 정원에서…

제4부

배보다 마음이 더 부르다

배보다 마음이 더 부르다

자정을 훨씬 넘긴 시간
칼질 소리가 안방까지
요란하게 들려온다

덩치야 엄마 키보다 더 크지만
고사리손 같은 손으로 근처에도
못 오게 하고 분주히 움직인다

유난히도 병치레가 많았던 아이,
유난히도 많이 울었던 딸아이가
생일상을 준비한다
먹지 않아도 배가 부르다

동행 (2)

세월을 돌고 돌아 다시 넘는다
배경도 조건도 소용없는
용감한 사랑이었다

빛바랜 세월은 허공에 떠 있고
차곡차곡 채워진 흔적들이
꽤 긴 세월이었음을 말해준다

이제는 눈빛만 보아도
알 것 같은 한 몸
또 하루를 같이 걷는다

익어갈 무렵

찌는듯한 더위에도
굴하지 않는다
뜨거운 햇살 아래
알알이 영글어가는
삶의 흔적

긴 가뭄에 타는 목마름으로
서산에 걸려있는 노을을
원망했을지도 모르겠다는 생각에
헝클어진 마음을 쓸어내린다

친정집 텃밭 여물어 가는
옥수수 그루터기의 하루가
서산에 걸려 있다

물안개

인기척 없는 새벽 거리
꽃이 피어오른다

파로호 강줄기 흐르고 흘러
여기까지 온 한반도 섬

어둡던 밤을 돌고 돌아
적막함 가운데 여명이 온다
물의 정원이다

매달린 외로움과 구겨진 하루
지워놓고 새롭게 시작하는 파로호
호수길에 꽃이 피어오른다

오늘 같은 날

벼랑 끝에 서 있는 힘든 날
우울함이 걸어 나와
자리를 잡고 앉는다

흐르는 물소리에 걸어 놓은 마음
깊은 시름 풀어놓고 싶을 때

누가 뭐라고 하든지
이 산 저 산 떠도는
구름이 된다

그리움(3)

후드득 후드득
꽃잎이 아프다

밤새워 때리고 간 주먹질
상처 난 얼굴들이 울상이다

울다 지친 꽃잎을 보며
내 마음도 아프다

너는 내 앞에 서 있는데
난 왜 네가 이토록 그리울까

도망간 시어

길을 걷다 짧은 낱말 하나가
심장에 내려앉았다
가슴이 콩닥콩닥
첫사랑을 만났다

몇 발자국 옮겼을 뿐인데
집에 와 꺼내보려니
어느새 도망가 버렸다
머릿속은 텅 비어 있었다

여름의 한복판에서

여름날의 변덕으로 질펀한
길가에 나와 서 있다
하늘인 듯 땅인 듯
현재와 과거가 공존하는 이 길

나뭇잎 위에 떨어지는 빗방울 소리가
비발디에 사계와 같이 조화를 이룬다
아무도 주고 간 영감도 없는데
멋진 협주곡이 되어 돌아온다

작은 골에서 시작되어
대지를 풍요로 채워가는 이곳
아름다운 선율을 그려 넣은 협곡 위에서
나도 웅장한 사계를 연주한다

강가를 걸으며

어디선가 들려오는 웃음소리가
보석처럼 빛난다
엄마를 부르며 들어올 것만 같은 오늘은 아마도 너를
위해 기도하라는
은혜인 것 같구나

세상과 맞서 살아온 시간이
어미보다 짧다지만
너도 이제 아이들 앞에 서는 교사로서
인권이니 교권이니 시끄럽지만
각자의 사연들로 채워가는
이런 것들이 삶인 것 같다

아들아
이 엄마는 네가 걷는 그 길이
꽃길이었으면 싶다
너로 인해 삶의 향기를 맛볼 수 있고
너로 인해 위로와 격려를 나눌 수 있기를
기도하는 오늘도 저녁노을을 등에 업고
강가를 걷는다

인연

새삼스레 아픈 기억 앞에
홀로 서 있다
억센 바람 앞에서도 끊어지지 않는
동아줄일 줄 알았는데
작은 바람에도 흔들리는
그런 사랑은 아닐 거라 믿었다

어쩌면 오래전부터 알고 지낸
끈끈한 우리인 줄 알았다
여기까지가 끝이었나
저마다의 분량대로 읊조리던
뜨거운 열정이 그리운 밤이다

또 만날 수 있으리
다시 만날 그날엔
멋진 시 하나로 노래하며
못다 한 인연의 끈 이어가리라

햇살 좋은 날

햇살 아래 앉혀놓았다
걷기를 좋아하는 주인 덕분에
흠뻑 젖어 퀴퀴한 몸에 얼룩진 등산화

일기예보에 세탁도 할 수 없고
햇살 좋은 곳에 부지런히 앉혀놓고
나의 하루도 네 옆에 앉아 같이
말리고 싶어진다

걱정거리로 구겨진 마음
지친 나의 하루도
여기 햇살 아래 펼쳐놓는다

내일

매미 소리 가득한 뜨락
아무렇지도 않은 듯
이생의 벼랑 끝에 서서
울고 있는 너를 마주한다

새벽부터 울어대며
광란의 밤을 보내고
짧은 생을 마감하는 너는
이 또한 팔자라 하겠지만

구슬픈 화음에도 불구하고
또 하나의 희망의 새 노래가
태어나는 순간이다

절묘한 이별 앞에
또 하나의 생명이 피어난다

시간 여행

산들바람 불어주는 가을 문턱
풀포기들도 고개를 저어가며
어설픈 춤을 춘다

물가에 빠진 반쪽짜리 달님도
숨죽여 흐르는 시간

꽁꽁 묶어 잡아보려 했지만
파장만 그려 넣을 뿐
미련한 나를 비춰준다

울창한 계곡이 아니더라도
초록의 물결은 일렁거리고

어설픈 시인에게도 한 구절
시어가 태어나는 계절이다

지금 이 순간에도 나의 앞에서
소리 없이 피었다 지고 마는
들꽃들이 있다

애써 외면하고 살았던 과거를
내려놓고 그 누구와도 아닌
혼자 외롭게 걷는다
고독도 행복한 사치가 된다

숲에서

노송을 스쳐 지나가는
바람결때문인가
작은 숲이 술렁인다

흰 구름 움켜잡은 목마른 영혼
낡은 시집을 꺼내 들고
허름한 의자에 앉는다

침묵의 시간을 깨우고
삶의 잔영들을 꺼내 놓고
내 안에 나를 토닥이며
햇살 아래 말려본다

수고했노라고…

가을은

홑이불을 덮고 자다가
한기에 눈을 뜬다
찬바람이 싫어 창문을 닫고
다시 눕는다

우리 엄마 울리던 비 때문에
유난히 요란했던 여름이
뜨겁게 울던 매미 소리 앞세우고
무사히 떠나간다

여기저기 안부 물으며 눈도장 찍고
알알이 익어가는 들녘
오늘도 바람은 분주한 하루가 될 것만 같다

서산으로 기우는 노을이 나인 양
기름기 없는 푸석푸석한 몰골에도
지금 내 앞에 놓인 가을은
행복한 이야기로 가득 찼으면 좋겠다

중년의 색깔

노을빛에 물들면 강물 속도
같이 붉게 타오른다

긴 그림자 동여매고 청춘 찾아
타임머신을 타고 과거로
다시 돌아가고 싶은 날
욕심 없이 적당히 사는 법을 배운다

저기 저 노을처럼 넉넉함으로
물들어 가고 싶다

여정

생명이 꿈틀거리던 봄과
초록빛으로 물든 여름
나에게도 불러오고 싶은 추억이 있다

빛바랜 도화지에 물감 풀어 놓고
보상이라도 하려는 듯 중년의
여행길이 여기 이곳에 서성인다

묵언수행이라도 하려는 듯
세월의 강은 입을 다문 채
구름 따라 유유히 흐르는데

촉수를 올려서 하늘 끝에 걸어 두고
혼자 서성이다 붉게 물든 이 몸도
이쯤에서 잠시 쉬었다 가야겠다

새로운 하루

고요함 가운데 이유 없는 소란
내 나이 때면 여유로움 가운데에서
TV를 친구 삼고 때론 분위기 있는
카페에서 브런치를 즐기기도 하지만
나의 아침은 분주한 가운데서도
여기저기 작은 소리가 들린다

아침상을 치우고 뒤돌아서면 점심상
젊은 날 며느리의 아침이 생각난다
치워도 치워도 끝이 없는 세 남매의 엄마

어른들 긴 여행길 떠나시고
아이들 제 갈 길로 접어들었으니
이제는 느릿느릿 나를 돌아보며
흐드러지게 피어있는 꽃잎에
올라앉아 추억을 불러 보며
오늘처럼 그냥 여기에 이렇게
가만히 머물기로 했다
느리고 고요한 시간 속에서

쉰아홉 어느 날

물음표를 닮은 기호들이
둥둥 떠다닙니다
나에게는 그림의 떡이라 여기며
살아왔던 때도 있었습니다

때때로 누군가 날 가둬두고
푹 쉬라고 했으면 좋겠다고
생각해 본 적도 있었습니다

달리고 달려도 끝이 보이지 않는
날들이 이어지고
어느새 오십 대의 마지막 매듭 달
12월을 걷고 있습니다

오늘은 뽀송뽀송한 새 이불 속에서
따뜻한 잠 속으로 빠져들고 싶습니다
그동안의 수고에 내 어깨를 토닥이는
행복한 시간입니다

한파

길에서 만난 추위가
헝클어진 머리카락을 곧추세운다
올겨울은 가슴팍까지 시려 오는
한파의 연속이다

빈 가슴 자리 잡고 틀어 앉을까
밀어내고 싶지만
꿈속의 악몽처럼
제자리걸음만 하고 있다

앙상한 몸으로 늘어선 겨울나무
슬픈 내면이 유난히도
선명히 보이는 오늘
바람이 몰고 온
눈보라의 몸부림
성난 추위 속에
어둠이 내려앉는다

제5부

달빛 속에 비친 당신

달빛 속에 비친 당신

몇 번을 죽고 묻어 두었던
이 세상 아버지의 삶의 여정
때론 아들로 때론 남편과 아버지란 무게로
당신을 죽일 수밖에 없었을 세월 앞에

간간이 불어주는 바람결에 고단함을 맡기며
꽃잎처럼 많은 날이 세상을 떠다니다
투박한 손길로 그의 상흔을 그려본다

무겁고 고단했을 거룩한 길
삶의 고비를 넘기셔야 했던
당신의 흔적을 따라 나도 걷는다

유난히도 밝은 달이 나를 덮는다
달빛 속에 아버지 얼굴
아버지의 그림자가 나를 덮는다

위로

물결이 하루를 다독거린다
아무 일 없다는 듯 감싸 안는 윤슬

너무 잘난 척도 하지 말고
잔잔히 살자

어제의 수고와 아픔도
거짓말처럼 바람에 실려
유유히 지나간다

상처 난 물결을 끌어안고 있는
바람이 참 좋다

피고 지는 당신 얼굴

텅 빈 가슴에 들어와
봄볕 스며들어 앉을 때
그리움도 꽃이 된다

그대 향한 고운 꽃 졸고 섰는데
햇살로 한 꺼풀 벗겨진 찬 기운

얼어있던 마음의 문 열리니
다시 피는 꽃도 나른한 오후

졸고 있던 눈 번쩍 뜨고 보니
온통 초록으로 물들인다

행복

오남매의 웃음소리가
팝콘처럼 팡팡 터져 나온다
꽃잎처럼 떨어져 뒹굴며
작은방을 가득 채운다

한 손가락만 아파도
온몸이 불편한 것을
같이 울고 웃던 다섯 손가락은
추억을 쌓아둔 채 또다시
제 삶을 향해 떠나간다

오남매가 떠나간 자리에는
팝콘 같은 웃음이 잔상처럼 남아있다

기다림

웅성거리는 매장 안
나는 홀로 가만히 앉아 있다
어떤 이는 다급하게 때늦은 점심 식사
어떤 이는 여유롭게 브런치로
이 시간을 채워간다

이유 없는 하늘의 항변
우산을 든 사람들이
분주히 지나가는 모습에
자꾸만 눈길이 간다

세 시간은 족히 지난 기다림의 오후
쓰디쓴 커피 한 잔을 놓고
딸아이의 모습이 보일까
창밖만 바라본다

몇 미터 앞에 와 있는 나의 사랑
그토록 그립던 나의 분신
등 뒤에서 '엄마'하고 불러줄
찰나의 짜릿한 감격을 기다리며
나는 빗방울만 헤아리고 있다

돌아가는 인생

뜨거운 태양
이글거리는 6월의 햇살 아래
이곳 숲속의 바람은
내 얼굴에 흐르던 땀방울을
닦아내기에 충분했다

오랜만에 오른 비봉산
입구부터 열리는 신록의 긴 터널이
나를 반겨준다

한 계단 한 계단 오를 때마다
숨은 차오르고 터질 것 같은 가슴
푸른 빛을 따라 산을 오른다

어느새 달려온 시원한 손님은
나의 이마를 스치고 지나간다

긴 침묵을 깨고 산 위에서 만난
바람의 실루엣은
아름다운 노래가 되어 들려온다

어느새 나의 관절은 울고 있다
무릎 속이 시끄럽다
내 안에 있는 것들이 아우성치며
허공을 메아리로 채우고 있으니
그냥 겸허히 받아들일 수밖에

조건 없는 도시락

새벽을 둘러업고 24시간이라는
그릇 위에 햇살이 올라앉는다
반복되는 일상 속에서도
함박꽃 같은 미소를 담으며 걷고 싶다

조건 없는 도시락을 둘러메고
찾아가는 이 길이
나와 또 다른 누군가에게
작은 행복으로 채워준다면 보람이다

내가 하는 작은 수고에서
누군가는 배를 채울 수 있다는 것이
외롭지 않은 하루로 채워준다

먼지만 풀풀 날리는
낡은 아스팔트 길에서
하루의 빈자리를 채워가는 당신은
나를 향해 멋쩍은 미소로 반겨준다

이제는 도시락만 들어보아도
사랑의 무게를 가늠할 수 있다

조건 없이 베풀어주시는 사장님들과
함박꽃 같은 얼굴로 반겨주시는
가정을 찾아뵐 때마다
오늘 하루도 감사로 채워진다

여행길

하늘이 조금씩 열리는 순간
밤새 누르고 있던 어둠은 물러가고
물안개 피어오르는 강기슭
새들의 자맥질이 신이 났다

이른 새벽 몸과 마음을 가다듬고
운무로 변화무쌍한 새벽강을 가르며
나는 오늘 인생의 가장 찬란한 여행길을 나선다

내게는 없을 것만 같았던 시간
그저 콘크리트 건물에 불가했던 학교
이제는 나의 꿈의 전당이 되었고
결코 짧지 않은 여행길을 나섰다

육십이라는 나이에 나는 큰 의미를 부여하고
그동안 참 잘 살았노라고 다독여가며
아주 천천히 즐겨보련다

긴 밤

구수한 둥굴레차 끓는 소리가
풍금 소리처럼 들려온다
설을 앞둔 터라 그런가
자정이 넘도록 우두커니 앉아
옛 추억을 꺼내어 둥굴레와 같이
우리고 있다

얼마나 더 지나가야 무디어질까
나는 이맘때가 되면 긴 밤을
이렇게 보내는 것 같다
당신들의 빈자리가
이리도 크고 허전한 건지

이 이별은
이 그리움은
얼마나 더 해를 넘겨야 하는 건지

풍금 소리가 주방을 가득 채운다

아버지의 봄

겨울보다 길어졌다 하지만
서산으로 넘어가는 노을은
뭐가 그리 바쁜지 한순간에
재를 넘어가고 있습니다

달이 기울 때가 되어서야 꿈속에서
당신을 다시 떠올리게 됩니다
오 남매 자식들 다 파 먹이시고
관절염 앓으시는 뼈와 주름진 얼굴에서
삶의 무게와 흔적을 볼 수 있었습니다

이제 우수까지 지나고 나니
경로당이 아닌 텃밭이
아버지의 놀이터가 되었습니다
그만하시라 아무리 애원을 해봐도
메아리 되어 돌아오는 건
거친 숨소리와 헛웃음뿐

아버지의 살아오신 한 많은 인생에
잔소리조차도 덧없음을 알고 있기에
그냥 발자국을 떼어봅니다

아버지,
아버지의 빛바랜 작업복엔
젊은 날의 설움이 묻어
눈앞에서 흘러내립니다
세월 한 모퉁이를 돌고 돌아
예까지 오셨으니

가난은 당신의 뼈마디를 시린 통증으로
채우고 살 속 깊이 파고드는 설움으로
강을 이루셨음에도 남은 살 다 퍼 주시려
하시는 아버지의 사랑

이제야 아버지의 자리었던
이 자리를 앉아 아버지의 세월을
바라봅니다

또다시 찾아온 걱정

설 명절 지나고 나니
근심이 한 짐이다
평생을 농부로 살아오신 부모님
거름 피고 밭 만드시는 아버지의
거친 숨소리가 시작된다

아직은 빈 나뭇가지 사이로 바람
일으켜 세우고 있는데
들녘에는 걸음 내음 짙게 깔리고
논과 밭이 새롭게 옷을 갈아입히고
계신 아버지의 발걸음은 바쁘시다

근심한다고 가벼워지는 것도 아닌데
바라보고만 있는 이내 맘은 바윗돌을
이고 있는 것처럼 무겁다

언제나 오 남매 바람대로 농사일
손 놓으시고 맛있는 것 드셔 가며
풍류를 즐기시려는지
협박도 엄포도 통하질 않으니
오늘도 난 근심이 한 짐이다

고마운 인연

가슴에 달이 떴습니다
허공 어디쯤에서 둥실둥실
내게로까지 밀려왔는지
감사로 기울어 가는 이 밤을 마주합니다

저 가득 쌓인 것들을
어디다 다 시집을 보내나
부모님의 염려로 남게 될까
잠까지 설치고 말았는데

지척에 귀한 인연의 소중함과 마주하며
창가에 불어주는 시원한 바람에 기대
또다시 만날 고향의 마음 같은 인연을 그려봅니다

평화

이곳의 평화가 보인다
하우스 안 고추밭 고랑에서
두런두런 들려오는 이야기 소리

툇마루에 앉아 빗소리를 들으며
일도 많고 사연도 많았던
여름과 늦은 작별을 고 하고 있다

어머니는 해마다 목화를
몇 그루 심어놓으신다
기침을 하면 들기름에 계란 하나
툭 깨고 목화 꽃잎 몇 장 올려서
지져주시곤 했던 어머니

마당 한 귀퉁이를 차지하고 있는
목화 몇 그루와 사과나무는
우리 오 남매를 지켜주는 어머니를 닮았다

거리 두기로 오 남매 따로따로 찾아뵈니
아버지 생신은 2주째 이어간다
따도 따도 끝이 없는 고추밭으로

너 나 할 것 없이 달려오니
아버지 얼굴이 환해지신다
따도 따도 끝이 없는 아버지의 환한 미소 속
고추밭에 평화가 찾아온다

농부의 마음

늑늑했던 마음에
햇살을 길게 쬐어주고
바람 끝에 춤추는 꽃잎들은
지쳐있던 아낙을 향해 웃어보인다

한 주간의 짧은 일정
뜨겁게 달려온 덕분에
옥수수는 팔도로 흩어져 가고
날아갈 것 같은 마음과 비례해
이내 몸은 한없이 무거워진다

초록 속에 물든 계절 위에
지친 마음 하나 올려놓고 누워있자니
푸성귀 하나에도 부모님 정을 만난다는
단골손님들을 떠올리니
혼자 앉아서도 웃게 되는 이것이
농부의 마음이다

사랑으로 다시 피는 꽃

가지런히 널려있는 것만으로도
당신의 사랑을 알 수 있다
내 삶의 가슴 벅찬 행복
한 송이 한 송이
곱게도 널어놓으셨구나

반쯤 굽은 허리로
당신의 키보다 훨씬 큰
꽃대를 올려다보시는 것만으로도
힘드셨을 모습이 눈앞에 가득하다

마당 한 편에서 어머니 사랑은
이렇게 가득 피어나고
하나하나 곱게 만져주시는 당신의 손길은
며느리 사랑으로 다시 피어난다

어머니의 가을

나뭇가지 사이로 찬바람이 비집고 들어온다
삶이 고단할 때마다 풍요로운
어머니의 곳간을 꺼내본다
퍼내도 퍼내도 마르지 않은 우물처럼
어머니의 곳간은 마르지 않는다

빈주먹이셨던 세월
땅 한 평에도 세상을
다 얻은 것 같았다던
젊은 시절도 있었는데…
이제 늙으신 부모님께
전답은 무거운 짐이 돼버렸다

풍요로운 가을 들판
흐드러지게 피어있는 들국화 꽃잎에
어머니의 가을도 곱게 물들어 가고 있다

부지런하신 성품에 하늘이 주신 풍요까지
이리저리 퍼주시는 어머니의 가을도
이렇게 나눔으로 채워져간다

저 산을 보며

저 산을 보시며
그리도 청청하다 하셨는데
어느 날 소나무도
낯빛이 어두워졌다고 하신다

마른 나뭇가지를 보시며
그리움이 도진다
낮달 삼킨 한파 묵은 책갈피에서
세월을 꺼내 보시는 어머니

당신의 지난 세월이 그려진 삶의 무늬 같아
모녀의 등 뒤에 쓸쓸함이 올라앉는다

어머니의 방

햇살 퍼진 오후
방 한쪽에서는 하얀 꿈을 키워간다
칭칭 감아 놓으신 무덤 하나가 생겼다

어느 날 구린내가 방안을 점령하고
엄마의 손끝에서 또다시 빚어질
메주 냄새로 마음속 깊이
고요로 채워진다

꼼짝 못 하고 갇혀있다 보면
서러움으로 가득 차기도 할 텐데
곰삭은 종갓집 장맛으로 태어나
환한 미소로 살랑거린다

엄마의 청춘

어머니
지금 이곳엔
하얀 눈 서리꽃이 한창인데
당신의 뜰은 언제나 꽃이 피는
봄입니다

바람에 흔들리면서도
절대 꺾이지 않는 들꽃처럼
당신은 정말 꽃 피는 청춘입니다

봄날 양지꽃같이
사랑스러운 나의 어머니
은빛 물결 출렁이듯
꿀 향기 가득한 꽃송이로
당신의 제2의 청춘을
그려봅니다

바닷가에서

항상 그 자리에 계실 거라고
믿어왔던 세월
가슴속 묻고 왔던 수많은 이야기들
파도타기를 한다

별일 아닌 듯 숨겨왔던 생채기 끌어안고
철석이는 파도 웃음 위에
눈물이 뚝뚝 편지를 쓴다

쓰다 지우고
쓰다 지우는 이 마음,

발자국마다 핏물 고이는 고통 속에 사셨던 어머니,
이제는 고통 없는 그곳에서 어떻게 지내시는지요
되돌릴 수 없는 세월
가슴 쓸어내리는 후회가 한 장의 엽서로
파도 위에 띄워본다

오늘 밤 꿈속으로나마 찾아오시면
좋으련만…

동행

가방 하나 챙겨 들고
홀로 떠나와
이곳 바닷가에 정착하고
등 붙이고 누워버렸다

그토록 꿈꿔왔던 버킷리스트
혼자만의 여행인데 무슨 이유에선가
갑자기 그리움이 밀려온다
이유를 알지 못하는 그리움이다

모래밭 구석진 자리에 자리 잡은 해당화
꽃잎 속에 담긴 너의 그리움도 나와 같을까
그 많던 세월의 꽃잎이 떨어지는 모습은
나에게 많은 것들을 묻고 또 묻는다

소리 소문 없이 피었다 지는 꽃을 만났다
그의 이름이 들꽃이라 한다
너를 보고 있노라니 아버지를 참 많이 닮았다
누가 뭐라고 하든 그저 꿋꿋하게
피고 지는 들꽃처럼
아버지도 그렇게 한 평생을 사셨다

나는 왜 그렇게 꿈꿔오던 혼자만의 여행에
아버지를 부르는 걸까
결국 나의 여행에 아버지가 동행하신다

바람 앞에 선 하루

잘 지나가는가 했는데
변덕을 부려 칼바람이 불어온다

맞서지 않으면 순풍이 될까 하고
비켜 가기를 간절히 빌고 빌었지만
풍전등화와 같은 시간 앞에
어쩔 수 없이 포로가 되어버렸다

가파른 비탈
주어진 현실 앞에 차라리 후련하다
긴가민가 맘을 조리며 허공 속에
맴돌던 어제의 오늘보다
확진이라는 선고에 한 대 맞은 듯
시리고 아프지만
이제는 바람과 맞서 마주 섰다

꿈속에서도 아버지의
거친 기침소리가 들린다

파도

그리움이 출렁인다
옮기는 발걸음마다
눈물은 파장을 이루고
흔들리는 감정은
바다를 향해 토해낸다

쌓여만 갔던 나도 모르는 감정의 선
지금 이 시간도 검은 바닷물에
그리움 출렁이며
널 향한 허기진 마음을 토해낸다

비

잊어야 할 상흔들이 자리를 잡고
내려앉는다
약이라 했던 세월도
잊을 수 있는 건 아닌가
질기게 붙잡고 평생을 따라온다

부모님의 아픈 상처들은
아무리 좋은 걸 보고 먹어도
풀리지 않는 숙제로 남는다

오늘 같은 날 망각의 은혜를 구하는
기도를 하늘도 알고 계시나 보다
후드득후드득 소리 내며
바보처럼 울고 있다

꿈 찾아가는 길

참 모질고 질퍽했던
어머니의 삶을 올려놓고
오남매 둥글게 둘러앉아 있다

극진한 사랑으로 자라온
고명딸이었는데
어쩌다 이렇게까지 살았어야 했는지,

죽음 앞을 지나 팔십객을 넘기고서야
좋아하는 게 뭔지
잘할 수 있는 게 뭔지 찾으신 어머니

반쯤 굽은 허리로 품고 가시는 꿈
이제 구십의 변곡점 앞에
당신이 원하시는 길이라면
저희 오 남매 온 마음 다해
당신의 다리가 되어드리겠습니다

잃어버린 당신의 젊은 날을
찾아가는 거룩한 작업이
가장 아름다운 날들입니다

능소화 연정

아버지 나이만큼이나
긴 세월을 휘감고 올라온 능소화가
붉은 불을 밝히고 있다
젊은 날 어머니처럼 곱다

어느새 유모차를 지팡이 삼아 끌며
사시는 어머니의 모습이
능소화 얼굴에서 보인다

벼랑 같은 위기에 홀로 올라앉아
사셔야 했던 굴곡 많았던 청춘도
멀리 가버린 지 오래전이다

가슴 한편에 생채기가 쓰리고 아파온다
반쯤 굽은 허리로도 새끼들 입에 넣어줄
거룩한 욕심으로 가득하셨던 세월

환하게 웃어주시는 당신의 얼굴
붉은 연정을 바라보며
오늘도 주홍빛 능소화에 기대어
어머니 당신을 향한 그 그리움은
다 채워지지 않습니다

어머니 뵈러 가는 길

마음도 쉬어가는 하늘 아래
그리움은 눈물의 강이 된다
어머니 계신 천국 소식 전해주려나
봉안공원의 고요를 깨우는 산들바람과
풀벌레 울음소리가 어머니를 모셔온다

유난히도 길었던 병석의 세월
그녀의 삶은 혹독하기만 했다
오랜만에 어머니 앞에 앉아
이야기를 나눠본다

당신 보시기에 고맙기도 하지만
만만하기도 했던 며느리였을까
앞 못 보고 걷지 못하는 서러움을
이 며느리에게 토해내시던 모습이
눈앞에 삼삼하다

참 많이도 울리셨는데…
오늘따라 풀벌레 소리가
우리를 반겨주시는 어머니의 음성 같다

낡은 유모차

낡은 유모차를 앞세우고
길을 나서는 어머니

어디를 가시려는 걸까
새우등 처럼 반쯤 굽은 몸을 하고도
쉴 틈이 없으시다

세월의 고단함을 말해주는
명치끝까지 차오르는 숨소리에
여식의 마음이 아려온다

어머니의 아픈 기억들이
유모차 위에 올라앉아
나팔꽃처럼 환하게 웃는다

효심(孝心)이 빚은 형이상학적인 인식
- 이연홍 시집 『달빛 속에 비친 당신』 읽고

최 봉 희(시조시인, 평론가, 글벗 편집주간)

20세기 문학의 중요한 개척자 중의 한 사람인 카프카가 "존재를 심미적으로 향유하느냐 아니면 윤리적으로 체험하느냐? 하지만 나는 이 설문에 반대한다. 이것이냐 저것이냐 하는 것은 그의 머릿속에 있을 뿐이요, 실상은 존재의 미적 향유는 겸허한 윤리적 체험을 통해서만 다다를 수 있기 때문이다."라고 말한 바가 있다.

실제로 존재의 미적 향유는 겸허한 윤리적 체험을 통하지 않고서는 헛것이라는 말이다. 카프카의 말에 나 역시도 우리 시의 형이상학적 인식의 문제의식을 정리해 주고 경고해 주는 명언이라고 생각한다.

　　새벽을 가로지르는 골목
　　이른 아침부터 붉은 비명 소리
　　가득 채우며 불을 밝힌다

　　약함과 강함이 서로 하나 되고

모진 매질과 담금질을 견뎌내야만
온전한 사랑의 꽃 피울 수 있으니

오늘도 시뻘건 불구덩이를
마다하지 않고 익숙한 몸짓으로
시뻘건 품속으로 들어간다
– 시 「대장간」 전문

시인은 인생은 대장간의 삶이라고 인식하고 있다. 시뻘건 품속으로 들어간다고 말한다. 모진 매질과 담금질을 견뎌 내야만 온전한 사랑의 꽃을 피울 수 있기 때문이다. 인생을 대장간이라는 인식은 역사의 영원성을 부여한다.

실재에 대한 물음과 형이상학적인 인식이 없는 감각적인 세계 속에서 일상적인 경험만을 말하는 시는 죽은 시가 아닌가 싶다. 형이상학적인 인식 속에서 시를 쓰는 것은 영원한 감동이기 때문이다. 물론 나는 여기서 그 제제 자체가 꼭 신이라든가 우주라든가 영원이라는 것을 따지려는 것은 아니다. 형이상학적인 인식 속에서 어떤 소재가 다루어졌는가 아닌가에서 시의 감동의 차원을 결정한다는 것을 말하려는 것이다.

생텍쥐베리의 『어린 왕자』에서 여우가 어린 왕자와 헤어질 때 "내가 비밀 하나 가르쳐 줄게"하며 이렇게 말한다. "사물의 본질이란 것은 우리의 육안으로는 보이지 않아, 마음의 눈으로 보아야지"

인간의 삶은 눈에 보이는 것이 있는가 하면 믿음, 사랑, 정의와 같은 눈에 보이지 않는 것이 있다. 그러나 우리는 형이하학적인 필수품만 가지고 우리의 삶을 영위하고 지탱한다고 착각하기 쉽다. 그러나 형이상학적인 가치가 우리의 삶을 더 많이 지탱하고 있음을 우리는 명확히 인식해야 하는 것이다.

시는 어떤 삶의 실존적인 고투(苦鬪)에서 성취된 시야말로 진정한 시가 아닌가 한다.

내가 아는 시인 중에 형이상학적인 인식의 문제를 삶에서 '효심'으로 깨닫고 시를 쓰는 시인이 한 분 있다. 바로 강원도 양구에 사는 이연홍 시인이다. 그의 형이상학적인 효심이 담긴 시작품을 감상해 보자.

몇 번을 죽고 묻어 두었던
이 세상 아버지의 삶의 여정
때론 아들로 때론 남편과 아버지란 무게로
당신을 죽일 수밖에 없었을 세월 앞에

간간이 불어주는 바람결에 고단함을 맡기며
꽃잎처럼 많은 날이 세상을 떠다니다가
투박한 손길로 그의 상흔을 그려본다

무겁고 고단했을 거룩한 길
삶의 고비를 넘기셔야 했던
당신의 흔적을 따라 나도 걷는다

유난히도 밝은 달이 나를 덮는다
달빛 속에 아버지 얼굴
아버지의 그림자가 나를 덮는다
- 시 「달빛 속에 비친 당신」 전문

 나의 아버지를 '달빛 속에 아버지 얼굴 / 아버지의 그림
자가 나를 덮는다'는 표현이 눈길을 끈다. 아버지의 삶을
'유난히도 밝은 달'로 표현한 것도 매우 인상적이다. 그의
삶은 효심에서 시작됨을 쉽게 알 수 있다.
 일반적이고 통상적인 염원을 넘어서 거기에는 독창적이고
실존적인 삶을 통한 어떠한 삶의 고투를 만날 수 있다.

보이지 않아도 만질 수 없어도
아침 햇살을 머금은 향기로
그분은 나를 숨 쉬게 한다

삶이 무섭도록 치닫고 힘들 때
추락하지 않도록 잡아주는 이가 있어
오늘도 난 숨을 쉬고 있다

깊은 밤 그분께 무릎을 드리고
하늘에서 내려주는 이슬 같은 은혜로
나를 감싸 안는다
- 시 「은혜」 전문

이러한 작품들은 마치 현대의 우리 사회에서의 기독교 찬송가에 비유될 수 있는 것들이다. 비록 교회당에서의 의식은 없었으나 찬송가를 통해서 하느님의 은총을 생각하고 그리스도의 복음을 생각한다.

이연홍 시인은 기독교인이다. 신앙을 갖고 살아가는 시인이다. 사실 부모님과 소통하는 일은 쉽지 않은 일이다. 그가 어머님의 모습을 그린 시 작품에 그 사랑이 고스란히 녹아 있다.

밤을 밀어내고
붉은 태양이 떠오른 새날
오늘도 변함없이 당신이 찾아오시네요

이 땅에서의 고된 삶
왜 그리도 힘겨운 삶을
사셔야 했던지요

어머니,
이제는 보이지 않던 눈도
훤히 잘 보이시고
아픈 곳도 없으시겠죠?

유난히도 좋아하시던 꽃,
이것밖에는 해드릴 게 없다는 게
이렇게 쓸쓸할 줄은 정말 몰랐습니다

영전에 올려드린 꽃 한 송이 뒤로하고
저희 부부 이렇게 또 그리움 한 움큼
끌어안고 천천히 걸어가겠습니다

병원 다녀오던 날
식사하시다 말고 싱거운 웃음으로
고마움과 미안함을 쏟아내시던 당신이
유난히도 그리운 날입니다
- 시 「어머니 만나는 길」

그의 시에는 어머니는 물론, 아버지, 남편, 가족이 자주
등장한다. 물론 어떤 시의 표상 속에서 우리가 주목해야
할 것은 그 추상적이고 초현실적인 표상 속에서 그 실재하
는 바는 무엇이냐? 그의 시심(詩心) 속에 깃든 표상의 실
재가 무엇인가를 생각할 필요가 있다.

겨울보다 길어졌다 하지만
서산으로 넘어가는 노을은
뭐가 그리 바쁜지 한순간에
재를 넘어가고 있습니다

달이 기울 때가 되어서야 꿈속에서
당신을 다시 떠올리게 됩니다
오 남매 자식들 다 파 먹이시고
관절염 앓으시는 뼈와 주름진 얼굴에서
삶의 무게와 흔적을 볼 수 있었습니다

이제 우수까지 지나고 나니
경로당이 아닌 텃밭이
아버지의 놀이터가 되었습니다
그만하시라 아무리 애원을 해봐도
메아리 되어 돌아오는 건
거친 숨소리와 헛웃음뿐

아버지의 살아오신 한 많은 인생에
잔소리조차도 덧없음을 알고 있기에
그냥 발자국을 떼어봅니다

아버지,
아버지의 빛바랜 작업복엔
젊은 날의 설움이 묻어
눈앞에서 흘러내립니다
세월 한 모퉁이를 돌고 돌아
예까지 오셨으니

가난은 당신의 뼈마디를 시린 통증으로
채우고 살 속 깊이 파고드는 설움으로
강을 이루셨음에도 남은 살 다 퍼 주시려
하시는 아버지의 사랑

이제야 아버지의 자리었던
이 자리를 앉아 아버지의 세월을
바라봅니다

– 시 「아버지의 봄」 전문

 당연히 그의 시심 속에 담긴 표상의 실재는 '자신의 삶에 대한 성찰'이다.

 아버지의 세월을 바라보는 자식의 마음이 담긴 시심이 우리의 마음을 시큼하게 울린다. 자신의 모든 것을 자녀들에게 나누는 사랑을 '다 파 먹이는 사랑', '다 퍼 주는 사랑'으로 형상화하고 있다. 어머니가 되어서 부모님의 사랑을 알게 된 것이다.

 우리가 문학의 여러 장르에 나타난 전통적인 효의 관념은 여러 시대를 거쳐 오늘에 이르러 왔음을 볼 수 있다. 효는 천성(天性)이라는 기본 태도가 우리의 문학 작품들에 짙게 깔려 있다. 이 사실은 우리에게 시사적인 암시를 던져주고 있다. 무엇보다도 이연홍 시인의 첫 번째 시집 『모정(母情)』이었다면 두 번째 시집 『달빛 속에 비친 당신』에서 그려진 시의 중심은 '아버지'임이 틀림없다.

> 이곳의 평화가 보인다
> 하우스 안 고추밭 고랑에서
> 두런두런 들려오는 이야기 소리
>
> 툇마루에 앉아 빗소리를 들으며
> 일도 많고 사연도 많았던
> 여름과 늦은 작별을 고 하고 있다

어머니는 해마다 목화를
몇 그루 심어놓으신다
기침을 하면 들기름에 계란 하나
툭 깨고 목화 꽃잎 몇 장 올려서
지져주시곤 했던 어머니

마당 한 귀퉁이를 차지하고 있는
목화 몇 그루와 사과나무는
우리 오 남매를 지켜주는 어머니를 닮았다

거리 두기로 오 남매 따로따로 찾아뵈니
아버지 생신은 2주째 이어간다
따도 따도 끝이 없는 고추밭으로
너 나 할 것 없이 달려오니
아버지 얼굴이 환해지신다
따도 따도 끝이 없는 아버지의 환한 미소 속
고추밭에 평화가 찾아온다
— 시 「평화」전문

다시 말해 효는 평화다. 자녀와 부모의 공감, 그리고 따뜻한 소통에서 비롯되는 것은 아닐까? 고추밭에서 자녀들을 챙기기 위해서 열심히 고추를 따는 아버지의 모습이 평화롭기만 하다. 목화와 사과나무를 바라보면서 어머니를 떠올린다. 어머니와 아버지의 환한 모습에서 가정의 평화를 경험한다.

효도는 누구나 옳다고 말한다. 많은 사람들이 그렇게 말

하고 이야기한다. 그러나 정작 끊임없이 지속적으로 효를
말하는 이는 드물다.

참된 인간으로서의 본분이 효도라고 한다면 오늘날과 같
은 혼미한 사회 풍조 속에서 이연홍 시인의 시집 『달빛
속에 비친 당신』은 첫 번째 시집 『모정』에 이은 매우 맑
고도 깨달음이 있는 청량제가 될 수 있으리라. 그런 의미
에서 이연홍 시인의 두 번째 시집이 시사하는 바가 크다.

설 명절 지나고 나니
근심이 한 짐이다
평생을 농부로 살아오신 부모님
거름 피고 밭 만드시는 아버지의
거친 숨소리가 시작된다

아직은 빈 나뭇가지 사이로 바람
일으켜 세우고 있는데
들녘에는 걸음 내음 짙게 깔리고
논과 밭이 새롭게 옷을 갈아입히고
계신 아버지의 발걸음은 바쁘시다

근심한다고 가벼워지는 것도 아닌데
바라보고만 있는 이내 맘은 바윗돌을
이고 있는 것처럼 무겁다

언제나 오 남매 바람대로 농사일
손 놓으시고 맛있는 것 드셔 가며

풍류를 즐기시려는지
협박도 엄포도 통하질 않으니
오늘도 난 근심이 한 짐이다
– 시 「또다시 찾아온 걱정」

시인은 '아버지의 거친 숨소리'가 마음에 걸린다. 나는 이 대목에서 진지하게 다시 묻게 된다. 왜 글을 쓰는가? 자신이 하고 싶은 일, 좋아하는 일을 할 수도 있는데 왜 굳이 글 쓰는 고생(?)을 하는 것일까?

이는 어쩌면 효의 목소리를 낼 수 있도록, 혹은 이를 통해 감사와 행복의 목소리를 부여하도록 시인으로 운명 지어진 사람이 아닐까? 그런 생각을 가끔 해 본다.

가방 하나 챙겨 들고
홀로 떠나와
이곳 바닷가에 정착하고
등 붙이고 누워버렸다

그토록 꿈꿔왔던 버킷리스트
혼자만의 여행인데 무슨 이유에선가
갑자기 그리움이 밀려온다
이유를 알지 못하는 그리움이다

모래밭 구석진 자리에 자리 잡은 해당화
꽃잎 속에 담긴 너의 그리움도 나와 같을까
그 많던 세월의 꽃잎이 떨어지는 모습은

나에게 많은 것들을 묻고 또 묻는다

소리소문없이 피었다 지는 꽃을 만났다
그의 이름이 들꽃이라 한다
너를 보고 있노라니 아버지를 참 많이 닮았다
누가 뭐라고 하든 그저 꿋꿋하게
피고 지는 들꽃처럼
아버지도 그렇게 한 평생을 사셨다

나는 왜 그렇게 꿈꿔오던 혼자만의 여행에
아버지를 부르는 걸까
결국 나의 여행에 아버지가 동행하신다
- 시 「동행」 전문

그 이름 '아버지'. 어쩌면 시인이 글을 쓰는 이유일 것이다. 그것이 하나뿐인 삶 속에서 험난하고 힘겨운 삶 속에서 보고 싶고 늘 그리운 이름, 보고 있어도 보고 싶은 이름, 그래서 시인은 놀라운 목소리를 낼 수 있도록 부여된 사람이 아닐까 한다. 결국, 내 가족, 나의 부모, 나의 삶의 이야기를 들려주는 일이 어떤 의미인지 말할 수 있는 사람은 오로지 글을 쓰는 시인의 몫이 아닐까 한다.

시는 시적 기교도 좋고 묘사도 좋아야 한다. 그러나 표상의 실재인 시심 자체는 타인과의 상호 관련성을 지녀야 한다. 그것이 오로지 개인적인 것에 머물러 오직 관념의 유희에 머문다면 그것은 독자에게 공감과 감동을 불러일으킬

수가 없다. 윤리적인 고통이 없이 윤리적인 체험이 없이
감성적인 차원에서 젖어드는 시인이 문제인 것이다.
 결론적으로 말하자면, 윤리적 고통의 바탕이 없는 존재의
미적 향유는 관념적인 유희화할 우려가 있다. 시는 타성적
이요 감성적 차원의 인식은 지양되어야 한다.

잘 지나가는가 했는데
변덕을 부려 칼바람이 불어온다

맞서지 않으면 순풍이 될까 하고
비켜 가기를 간절히 빌고 빌었지만
풍전등화와 같은 시간 앞에
어쩔 수 없이 포로가 되어버렸다

가파른 비탈
주어진 현실 앞에 차라리 후련하다
긴가민가 맘을 조리며 허공 속에
맴돌던 어제의 오늘보다
확진이라는 선고에 한 대 맞은 듯
시리고 아프지만
이제는 바람과 맞서 마주 섰다

꿈속에서도 아버지의
거친 기침 소리가 들린다
 - 시 「바람 앞에 선 하루」 전문

이연홍의 시를 정의한다면, '효심(孝心)이 시심(詩心)'이라고 말할 수 있겠다. 그의 시는 상상도 아니요, 상징도 아닌 효라는 실상(實相)으로 깨닫게 하기 때문이다.

결론적으로 말하자면 이연홍 시인의 시는 '효심이 빚은 형이상학적인 순정사상'이 돋보인다. 공자의 말처럼 '모든 시는 내용이 순선(純善)해야 한다.

이연홍 시의 내용은 순수하고 착하다. 그래서 읽는 사람으로 하여금 순수하고 착한 마음을 불러일으킨다. 그래서 나는 감히 말하건대 이연홍 시인의 순정사상(醇正思想)이라고 말하고 싶다. 읽는 사람이 순수한 마음으로 그것을 거울로 삼아 사악한 생각을 일으키지 않도록 바로 잡는 일이기 때문이다.

이연홍 시인의 아름다운 시에 찬사를 보낸다. 그가 아버지와 어머니의 모습을 묘사하지 않았다면 그리고 자신의 삶과 감동을 글로 쓰지 않았다면 그 아름다운 마음은 전해지지 않았으리.

아버지 나이만큼이나
긴 세월을 휘감고 올라온 능소화가
붉은 불을 밝히고 있다
젊은 날 어머니처럼 곱다

어느새 유모차를 지팡이 삼아 끌며
사시는 어머니의 모습이
능소화 얼굴에서 보인다

벼랑 같은 위기에 홀로 올라앉아
사셔야 했던 굴곡 많았던 청춘도
멀리 가버린 지 오래전이다

가슴 한편에 생채기가 쓰리고 아파온다
반쯤 굽은 허리로도 새끼들 입에 넣어줄
거룩한 욕심으로 가득하셨던 세월

환하게 웃어주시는 당신의 얼굴
붉은 연정을 바라보며
오늘도 주홍빛 능소화에 기대어
어머니 당신을 향한 그 그리움은
다 채워지지 않습니다
– 시 「능소화 연정」 전문

　나는 시를 쓰는 글쓰기의 충동은 거의 본능적이라 생각
한다. 사람의 마음은 본능적으로 감각한다. 느끼고 알게 되
는 것이다. 말은 지각하고 인식한 것을 그대로 표현한다.
말이 리듬을 타는 것이 시가라면 문자로 정착한 것이 시
다. 따라서 시에도 사정(邪正) 시비가 있게 마련이다.
　문학은 마음의 표현이다. 그래서 "문학은 그 사람이다"라
는 말이 가능하다. "문학은 그 시대의 표현이다."라는 말도
성립된다. 이연홍 시인의 시는 순정사상(醇正思想)이 가득
하다. 문학이 순수하고 올바른 생각의 표현이기를 바란다.
시의 내용은 순수하고 착해야 한다. 그래서 읽는 사람으로

하여금 순수하고 착한 마음을 불러일으킬 수 있어야 한다.

그런 의미에서 이연홍 시인의 시집 『달빛 속에 비친 당신』은 아름다운 효심과 시심으로 가득한 시집이다. 어머니의 사랑, 그리고 아버지의 사랑을 경험하고 쓴 아름다운 시집이다. 시를 배워서 깨달음을 얻었다면 그것을 실생활에 활용할 수 있어야 한다.

끝으로 당나라의 문장가 이한(李漢)이 말을 인용하고자 한다.

"문장이라는 것은 도(道)를 밝히는 그릇이다. 도에 깊은 조예가 없이 문장에 능한 자는 없다."(文者 貫道之器也 不深於斯道 有至焉者不也 『韓昌黎集』「序」)

이연홍 시인의 효심(孝心), 효도(孝道)가 우리의 가슴에 환한 등불로 자리매김하길 바란다. 아울러 그의 문운도 더욱 활짝 열리길 응원한다.

이제 작은 서평을 끝내면서 이연홍 시인의 시 작품 「희망의 불꽃」으로 글을 마무리하고자 한다.

> 흐르는 물에 얼룩진 사연들을 헹구고
> 오늘 하루 사랑의 무게를
> 저울 위에 올려본다
>
> 입버릇처럼 옳어대던 소리 아니었던가
> 내가 사는 이 땅
> 최고라고 뿌듯했었던 어제와 달리

흘린 땀방울만큼이나 씁쓸한 이 맛은
무얼 의미하는 걸까
부족함이 한눈에 들어온다

알지 못했던 불편함이 보인다

아주 작은 목소리 일지라도
모두의 소리가 모이면
분명 또 다른 세상에서
사랑하는 사람과 함께
웃음의 꽃을 활짝 피울 수 있으리라
– 시 「희망의 불꽃」 전문

■ 글벗시선 206 이연홍 두 번째 시집

달빛 속에 비친 당신

인 쇄 일 2023년 10월 30일
발 행 일 2023년 10월 30일
지 은 이 이 연 홍
펴 낸 이 한 주 희
펴 낸 곳 도서출판 글벗
출판등록 2007. 10. 29(제406-2007-100호)
주   소 경기도 파주시 와석순환로 16,(야당동)
           롯데캐슬파크타운 905동 1104호
홈페이지 http://guelbut.co.kr
E-mail   pajuhumanbook@hanmail.net
전화번호 031-957-1461
팩   스 031-957-7319
가   격 12,000원
I S B N 978-89-6533-267-1 04810

* 이 책은 한국예술인복지재단에서 지원하는
신진예술인창작지원금 지원사업(창작씨앗) 지
원금을 지원받아 발간되었습니다.